LE DOCTORAT IMPROMPTU

Un roman érotique classique

Écrit par
Andréa de Nerciat

RETROUVEZ TOUS NOS GRANDS CLASSIQUES ÉROTIQUES

GRANDS *classiques* .com

sur www.grandsclassiques.com

AVIS DES EDITEURS

Un valet d'auberge, chargé de jeter dans la boîte la première de ces lettres, et supposant, d'après le volume, qu'elle pouvait contenir quelque chose de mystérieux, la porta chez un jeune homme attaché, en sous-ordre, à l'un des bureaux ministériels, et qui logeait dans l'hôtel. Ce commis, abusant de la circonstance, ouvrit le paquet ; mais au lieu de secrets d'État, il n'y trouva que des folies, qu'il transcrivit pour son amusement. Cette copie, qui a circulé, nous est parvenue, et c'est d'après elle que nous avons imprimé.

Le lecteur nous pardonnera la liberté que nous avons prise de jeter par-ci par-là quelques notes. Celles qui tendent à l'instruire étaient du moins nécessaires, et ce n'est pas sans quelque peine que nous nous en sommes procuré les sujets. Quant à nos réflexions, si elles préviennent celles du public, c'est que, premiers lecteurs, nous avons dû avoir, avant lui, les idées qui lui viendront, sans doute, en lisant cette étrange anecdote.

Lettre d'Erosie à Juliette[1]

« Quand nous nous sommes séparées, ma chère Juliette, je t'ai promis, et de bien bonne foi, de ne te cacher ni mes faiblesses, ni la moindre de leurs circonstances, si par malheur je venais à me *pervertir.* C'est ainsi que je nommais très sérieusement le parti d'abjurer, peut-être, certain système *anti-masculin* que tu m'as connu, dont j'étais orgueilleuse et dont tu ne cessais de me railler. La haine active que j'avais conçue contre un sexe… selon moi si perfide, puisque trois de ses individus m'avaient offensée, cette haine, que je croyais immortelle dans mon cœur, contrastant avec les délices dont me faisaient jouir nos tendresses féminines, je me persuadais que jamais *animal au menton barbu* ne viendrait à bout de m'arracher la moindre faveur… Que j'étais folle ! Trompe-t-on ainsi la nature ! Hélas ! Juliette, j'ai violé mon serment. J'ai cessé de brûler de cette flamme que je nommais pure, parce qu'aucun *homme* ne l'alimentait. J'ai cessé d'être, comme nous disions, une *vestale mitigée*[2] ; et non seulement *l'homme,* enfin, a profané mes *vierges*

---

1. Juliette était une jeune dame qui vivait au couvent, en entendant l'issue d'un procès qu'on lui avait fait intenter à son mari, pour cause d'impuissance.

2. Plaisantes vestales que des femmes qui, pour se passer d'hommes, ne laissent pas de donner le plus vif essor à leurs feux libertins ! Mais il faut excuser de jeunes folles qui se sont exaltées dans un système faux, et qui, autant qu'elles peuvent, décrient le travers par lequel elles croient se rendre heureuses.

appas, mais du même saut dont je franchissais la barrière qu'il m'avait plu d'opposer à mes mâles désirs, j'ai fait une culbute effrayante dans le gouffre du plus blâmable dérèglement…

« Je crois te voir sourire avec malice et de mon cas fâcheux et du ton d'élégie sur lequel je t'en parle ? Ris, mon enfant, tu fais bien : moi-même, quand j'y pense, je suis tentée de rire aussi de ma déconvenue ; du moins, je ne saurais m'en affliger.

« Tu conviendras que si quelque femme est excusable de penser faux, à vingt ans, en matière de galanterie et de volupté, c'est sans contredit celle qui, née, comme moi, avec le germe des passions lascives, et douée d'organes assez perfectionnés, qui, brûlant dès les plus tendres ans d'un feu secret, dont notre menteuse éducation prévient et détourne même la connaissance, qui, en un mot, malheureuse trois fois de suite, par trois amants mal choisis, attribuait au *genre masculin* tout entier le mal que quelques espèces lui avaient occasionné seules. Le sémillant chevalier de Bruyancour (me disais-je), à qui j'avais voué les prémices de ma sensibilité morale, m'a trahie lâchement ; je le surpris un jour dans les bras de ma mère, et l'entendis plaisanter avec elle du goût trop vif qu'il avait su m'inspirer. Cette affreuse découverte m'avait guérie ; le besoin d'être amoureusement occupée me pressait de distinguer un jeune suppôt de Thémis qui se désolait, et dont je craignais de faire le malheur… C'est lui qui m'a tyrannisée. Hérissé de fausses vertus ; imbu de la tristesse de Young, des sophismes de Jean-Jacques ; embrumé des sombres productions de d'Arnaud ; admirateur studieux de tous les romans et drames déclamateurs, larmoyants ou sanguinaires ; jaloux, moins en amant passionné qu'en mentor despotique, M. de Mélambert m'a fait bientôt regretter de n'avoir pas plutôt été la dupe de son éventé prédécesseur que sa propre victime.

Assiégée enfin par l'adroit et diabolique abbé Des Ecarts, j'ai eu le courage de rompre avec le magistrat ; et, dès lors, adoptant une morale tout à fait opposée, j'ai mis sous les pieds tous les préjugés, même ceux de rigueur. Dûment dégoûtée pour lors, et des *agréables* qui se partagent et se font des trophées à nos dépens, et des *docteurs en sentiments,* dont l'aride galanterie tend à coaguler le sang de la bouillante adolescence, me voici toute à mon petit-maître calotin… Mais le plus imprévu, le plus sanglant des outrages m'attend où je crois trouver enfin le parfait bonheur ! Quand tout obstacle est aplani ; quand je suis résignée ; quand je brûle de perdre toute espèce de droits au respect de mon amant…

M. l'abbé se trouve en défaut ! Apparemment frappé de quelque coup d'un sort ennemi, cet intrépide fileur d'intrigues manque d'haleine au plus beau moment de son rôle ! J'en suis, moi, pour mes frais de scène, et la toile est tombée sans qu'il y ait eu de dénouement[3]. Dans quelle âme, chère Juliette, trois

---

3. Avec raison on trouverait invraisemblable qu'une jeune et jolie personne, entièrement livrée à l'homme qu'elle chérit et qui a tâché de la séduire, ne lui eût rien inspiré au moment de devenir heureux. Le fait est que M. l'abbé, dans ce temps-là même, était cruellement incommodé du bien qu'avait daigné lui faire l'une de ses plus agréables connaissances. Un faible reste de probité s'était opposé à ce qu'il empoisonnât, pour un instant de plaisir, la confiante et parfaitement tendre Erosie. « Comment avons-nous su cela ? C'est que tout se sait à Paris, aussi

aventures consécutives aussi malheureuses n'eussent-elles pas jeté le trouble, la défiance et le dégoût !

« Par une suite bien naturelle de tant de disgrâces, je prends pour le *monde* une sainte aversion ; à cor et à cri je demande le cloître ; à force d'importunités, j'obtiens enfin d'y être confinée. Là, d'abord dévote presque extatique, mais peu à peu moins sublime ; bientôt désabusée du ciel, et me rabaissant vers la terre, assez près pour observer que, même dans la solitude des couvents, le plaisir a des autels, je me hâte de figurer avec ces *mondaines guimpées* qui savent, en dépit de la règle et des vœux, se procurer à peu près l'équivalent des jouissances du siècle...

« Mais à quoi bon, ma Juliette, te rappeler tous ces faits ! Ne t'ai-je pas mille et mille fois raconté ce que tu n'avais point vu de mon roman bizarre ? Et tout le reste, n'en as-tu pas été la principale héroïne, jusqu'au triste moment de notre séparation ? Quel plaisir n'ai-je pas à me rappeler que, pendant les trois ans qui nous ont cachées sous le même dôme, nous n'avons eu qu'une âme, qu'un secret, qu'un bonheur ! Tendrement aimée, ardemment désirée de ton Erosie, toi seule as rempli complètement le vide que mes infortunes galantes avaient ouvert dans mon cœur. Tu étais mon bon génie ; tu me consolais ; tu m'enchantais... Tu le pourras encore, lorsque, à ton tour dégagée de tes fers momentanés[4], tu reparaîtras sur le

---

bien que dans le plus petit bourg de province. »

4. Le procès de Juliette allait être jugé. Il n'avait été suspendu pendant si

théâtre du monde, où tes charmes et tes admirables qualités te présagent la plus belle carrière… Mais alors, seras-tu la même pour moi ? Ton cœur ne sera-t-il pas de glace pour l'infidèle Erosie ? Ne me mépriseras-tu pas d'avoir pu si brusquement devenir inconséquente à mes plans et parjure aux serments qui nous avaient liées ? Non ; tu seras indulgente. Ton âme est douce ; tes sentiments, modérés en tout, ne te rendent pas, comme moi, susceptible de passer inopinément d'un point extrême à l'extrême opposé. Je me souviens avec plaisir que lorsqu'il était question entre nous de l'excellence d'un système, dont tu suivais assez volontiers la pratique, sans être fort engouée de sa théorie, tu me disais avec une touchante ingénuité : « Je crois, ma chère, que, dans notre position, ce que nous nous permettons est pour le mieux ; mais dans toute autre, pour mon compte du moins, je ne répondrais de rien. Les simulacres sont assez agréables où manque la réalité ; mais où l'on peut la trouver, peut-être ce qui la représente le mieux n'a-t-il que bien peu de mérite. »

« Quant à moi, chère amie, je n'ose prononcer. Il me convient de flotter quelque temps encore entre mon ancienne erreur (si mon système en fut une) et la nouvelle (si c'en est une encore que de m'être réconciliée avec *l'homme*). Eh ! que sais-je, violente comme je suis dans toutes mes affections, si, bientôt,

---

longtemps que parce qu'elle avait négligé de faire ce qui rend tout procès imperdable pour une jolie femme.

je ne me jetterai pas à corps perdu dans le travers d'aimer, autant que je le haïssais, un sexe dangereux, aux atteintes duquel je me croyais à jamais inaccessible !... Lis mon récit, et juge-moi.

« Puisqu'il ne suffit pas ici-bas d'être jolie, grande, faite à peindre ; d'avoir de la naissance, de l'éducation, des talents ; d'être de plus douée de ce caractère *harmonique* qui peut contribuer au bonheur de ce qui nous entoure ; et puisque avec tous ces attributs, sans richesse, on peut fort bien se trouver en butte à toutes sortes de disgrâces, il était raisonnable que je me décidasse à prendre un mari, quand un homme honnête et riche se présentait avec le désir de m'avoir pour épouse. Tu sais, parfaite amie, quels profonds et sages raisonnements je fis, lorsque mon tuteur me proposa le plus que quadragénaire baron de Roqueval. Tu me vis docile aux volontés supérieures[5], en dépit d'un portrait qui, bien que flatté, comme le sont toutes ces effigies, ne m'annonçait qu'un homme laid et passablement dépourvu de tournure... — Eh bien ! te dis-je, il est du moins estimable et riche ; son état d'*homme de mer* abrégera de neuf ou dix mois par an l'ennui de lui faire face dans sa gentilhommière ; il m'offre de notables avantages, un douaire décent... j'épouserai. Mais il faudra traiter M. le baron en mari ? Pourquoi pas ! Dès que le cœur ne sera pour rien

---

5. Erosie, par une clause assez bizarre du testament d'un de ses parents, ne devait hériter qu'à condition qu'elle serait, à vingt ans, mariée à quelqu'un d'agréé par le tuteur.

dans toute cette affaire, à quoi va se réduire ma corvée ?...
à remplir de temps en temps une espèce de formalité... que
d'ailleurs il dépend toujours à peu près d'une femme de rendre
insipide pour l'agent, et par conséquent de plus en plus rare !
Non, l'hommage d'un mannequin, tout à fait étranger à notre
âme, est zéro sur le registre du plaisir. Ainsi donc, mon mariage ne rompra point mes vœux féminins ; et pour tolérer
des services absolument sans importance, je ne me croirai
nullement infidèle à ma bien-aimée Juliette.

« Tu le sais, je vis tout cela comme il le fallait voir, et, sans
faire la renchérie, je promis à l'empressé baron l'honneur de
ma main. Les cadeaux parurent ; le moment de quitter ma
retraite (chère à cause de toi seule, mais, à tous autres égards,
fort maussade) arriva ; je partis bien affligée, non pas à cause
de ce que j'allais trouver, mais à cause de ce que je quittais. En
un mot, je pris d'assez bonne grâce le chemin de la capitale.

« Pourquoi ce pauvre diable de baron ne se trouva-t-il
point pour m'y recevoir ? On ne croit pas universellement à
la fatalité ! Cependant il est très vrai que certains événements
sont écrits mille ans d'avance dans le livre des destinées, et
que toute l'adresse humaine ne viendrait pas à bout d'effacer
le moindre de ces décrets... Encore une fois, pauvre baron,
pourquoi n'étiez-vous point chez vous lorsque j'y suis arrivée ?
Pourquoi votre mauvais génie, afin que vous manquassiez de
quarante heures l'instant où j'aurais pu vous joindre, avait-il
arrangé je ne sais quel incident qui, vous appelant à Brest,
tandis que je cheminais vers Paris, me ménageait l'occasion et

tout le temps nécessaire pour que vous reçussiez d'avance…
(ah ! bien innocemment de la part de mon cœur) l'échec le
plus redouté par l'espèce épousante !… Voici, ma Juliette,
comment tout cela s'est passé.

« J'étais partie, comme tu sais, sous la garde de cette
fausse prude de Béatrix, mon ancienne gouvernante (devenue
ma complaisante de bien des manières au couvent), et de
plus escortée par le brave Rud'homme, ancien serviteur et
compagnon des guerres de feu mon père. Voyageant ainsi,
je ne pouvais qu'être bien tranquille, et quant à ma sûreté
personnelle, et quant aux soins qui rendent plus supportable
la fatigue d'une longue route. J'étais prévenue, par plus d'une
lettre, que mon galant prétendu viendrait au-devant de moi, de
sa terre jusqu'à Fontainebleau, où pour lors la cour se trouvait.

« Point du tout. À une demi-lieue de là, je vois s'avancer
contre la portière de ma diligence un ecclésiastique à cheval,
qui venait de parler à Rud'homme, équitant en avant.

— Mademoiselle de… (mon nom, me dit cet homme, avec
assez de respect) voudra bien permettre que son très huble
serviteur l'abbé Cudard lui présente l'hommage de M. le baron de Roqueval, malheureusement absent par ordre et pour
des devoirs indispensables. Je suis chargé de l'agréable com-
mission de le suppléer auprès de mademoiselle, jusqu'à son
prochain retour.

« Me voilà fort embarrassée.

— Mais, monsieur l'abbé (balbutiai-je), je suis fort sensible… Il faut bien… puisque je suis privée du plaisir de trou-

ver ici M. de Roqueval lui-même, que je me conforme…

Je ne savais que dire, en vérité, car je n'étais pas moins embarrassée du contretemps qui me livrait à cet être absolument étranger, que de l'avide et gênante curiosité avec laquelle l'émissaire tonsuré (toujours chapeau bas et penché sur l'encolure de son cheval) parcourait, étudiait ma physionomie, et semblait vouloir marquer que ce rigoureux examen faisait partie du devoir de son ambassade.

« Je crus qu'il était honnête de proposer au personnage de descendre de cheval et d'entrer dans ma voiture. Il accepta l'offre avec transport[6]. Béatrix voulait lui céder sa place de fond ; il faillit s'y mettre ; cependant, par réflexion, il préféra le devant ; bref, me voilà face à face de l'ambassadeur, nos jambes mêlées, et lui, s'inclinant assez, soit impolitesse, soit effronterie, pour que son nez soit presque fourré sous la dentelle de mon ample chapeau. Rud'homme conduit le cheval délaissé, nous cheminons au petit trot vers le gîte.

« Naturellement je devais être curieuse de savoir ce que M. l'abbé pouvait être de plus que l'émissaire de mon honnête futur. Pendant le trajet, cette curiosité fut satisfaite. M. l'abbé Cudard venait d'achever l'éducation scolastique du jeune fils d'un intime ami de M. de Roqueval. Le maître et l'élève sortaient d'un collège de Paris. Conduire l'adolescent à Fontainebleau, où le baron devait le présenter au ministre de

---

6. Défaut d'usage de part et d'autre ; mais on sait que la voyageuse est une provinciale, et M. l'abbé n'avait, comme on verra, nulle connaissance des belles manières.

la Guerre, à l'occasion d'un emploi récemment accordé, était le dernier devoir que M. Cudard remplissait ; et, déjà gratifié d'un bénéfice, il n'attendait plus que le retour de mon baron pour se retirer d'auprès du jeune vicomte de Solange.

« Je faillis demander pourquoi celui-ci n'était point venu. N'est-ce pas, Juliette, que c'eût été bien indiscret à moi ? Aussi me souvins-je à propos que j'étais fort indifférente sur le compte de tout être masculin ; et je me dis qu'*il devait m'être égal qu'un blanc-bec eût ou n'eût pas accompagné son pédagogue pour venir à ma rencontre.* D'après cette réflexion, je n'aurais du tout imaginé de me faire instruire de ce qui pouvait regarder le petit vicomte ; mais il plut à

M. Cudard, sujet à babiller, et (je m'en étais aperçue dès son début) fort entrant, de me parler uniquement de son élève.

— En vérité, mademoiselle, il est charmant ; sans doute, vous voudrez bien permettre que j'aie l'honneur de vous le présenter ce soir ? Autrement, le pauvre petit aurait le chagrin de souper seul dans sa chambre.

— Comment donc, monsieur l'abbé ! Certes, je ne souffrirais pas qu'à cause de moi…

— Vous le verrez, mademoiselle. C'est un petit amour. Il est fait pour avoir dans le grand monde les succès les plus distingués. Qu'il me tardait de le voir sortir de ces maudits collèges ! J'y languissais par intérêt pour lui. On croit faire merveille en claquemurant de la sorte ses enfants dans ces écoles, où l'on suppose que l'instruction est excellente et que les mœurs sont à l'abri de toute corruption ! Eh bien ! Mademoiselle, c'est une erreur. D'abord, on n'y devient pas fort savant ; d'ailleurs, à quoi bon, pour un militaire, savoir le latin et le grec ! Mais, ce n'est pas tout : le grand inconvénient de ces maisons, c'est qu'il y règne des abus ! C'est qu'il s'y passe des choses !... Pour peu, voyez-vous, qu'un enfant ait de bonne heure des dispositions à se sentir... pour peu que la nature ait poussé son premier cri... et mon élève est bien précoce...

— Mais, monsieur l'abbé, ces détails sont assez indiffé-rents, ce me semble, à l'objet de mon voyage ?

— Vous avez raison, mademoiselle, et je vous supplie de m'excuser. Mais, c'est que chacun est toujours si rempli de son objet ! Et j'aime mon petit bonhomme, je l'aime ! Suffit ; il était temps qu'on nous fît changer de théâtre. Le monde, mademoiselle, le monde est l'élément où doit respirer, avant la naissance des passions, un gentilhomme qu'on a dessein de pousser dans le militaire et de lancer à la cour. Un an de plus de notre contagieuse solitude, et le plus aimable enfant... peut-être se perdait.

« À travers ces extraordinaires confidences, qui avaient fait hausser plus d'une fois les épaules à la maligne Béatrix, nous entrâmes enfin dans notre auberge.

« J'avais à peine pris possession d'un appartement, assez commode et presque élégant, que mon futur avait pris soin de m'y faire préparer, qu'on entendit, dans le corridor, le bruit de quelqu'un qui courait en folâtrant avec des chiens.

— Le voici, le voici (s'écrie aussitôt l'abbé, marquant le plus vif intérêt) ! C'est M. le vicomte avec ses danois. Il a voulu voir la chasse du roi : je n'ai pas cru devoir lui refuser cette petite satisfaction pendant que mon obéissance aux ordres de M. de Roqueval m'appelait ailleurs.

En même temps une voix encore enfantine, mais intéressante, disait très haut à quelqu'un :

— Eh bien ! A-t-on des nouvelles de M. Cudard ? A-t-il trouvé ? Comme soudain nous n'entendîmes plus rien, je compris qu'on répondait tout bas à ses questions. Pour lors, après s'être une seconde fois assuré de mon consentement, le mentor ouvre, et dit d'un ton magistral :

— Venez, venez, monsieur le vicomte ; la respectable personne qui doit faire le bonheur de votre digne patron veut bien vous permettre de la saluer. Allons, moins de timidité ; venez, vous dis-je.

« Figure-toi, chère Juliette, l'excès de mon étonnement, lorsque, au lieu d'un morveux, tel que je me l'étais imaginé et qu'annonçait peut-être l'invitation de Cudard, je vis s'avancer avec grâce un jouvenceau de la meilleure tournure, très grand pour son âge, svelte, à la physionomie noble, et beau !... ma chère, beau comme Adonis. J'ai peut-être le malheur d'avoir quelque chose d'un peu repoussant pour les gens qui ne me connaissent point, et c'est pourquoi sans doute le sourire du vicomte fut coupé sur-le-champ par l'air le plus composé ; je vis ses longs et beaux yeux noirs s'abaisser vers la terre. Il fit un temps d'arrêt, rougit et devint... céleste. Ce ne fut qu'une minute plus tard qu'il put, en hésitant, me faire un compliment, d'ailleurs fort honnête. Cudard, déjà très familier, et qui avait le ton de l'ascendant, prit alors la parole avec assurance, et me dit :

— Il faut nous excuser, mademoiselle. Nous sommes écolier ; nous n'avons rien vu encore ; ainsi, notre embarras est bien pardonnable.

— Pédant (manquai-je de lui répliquer) ! Tu serais moins audacieux et bien embarrassé toi-même si tu pouvais sentir le ridicule de ton rôle ; va, ta médiation est ici bien inutile…

« En effet, le trouble du bel adolescent, sa gêne respectueuse, les grâces que cette louable timidité prêtait à sa charmante figure, avaient bien plus d'éloquence que les sottes excuses de l'abbé. Je ne pus m'empêcher de couvrir celui-ci d'un regard peu flatteur pour sa vanité, s'il eût été saisi ; mais cet homme, plus histrion qu'observateur, allait de l'avant et parlait comme se croyant inaccessible à la critique.

« Comme je n'étais pas assez fatiguée pour ne pouvoir trouver du plaisir à me promener, je témoignai l'envie de parcourir les jardins du château. Nous nous y rendîmes donc aussitôt que mes nouveaux compagnons eurent quitté leur attirail de cheval, et que j'eus fait moi-même un peu de toilette.

« Pendant cette promenade, je fus aussi parfaitement contente du petit vicomte, que mécontente de l'excédant abbé. Ce présomptueux ne s'était-il pas donné les airs de me questionner de mille manières, toujours en me priant beaucoup de l'excuser !

— Mais (disait-il) on ne peut voir mademoiselle sans prendre à tout ce qui la concerne le plus vif intérêt. Oui (es-

sayant de me prendre affectueusement la main), je voudrais
avoir le bonheur de vous connaître à fond, afin de pouvoir...
vous devenir peut-être fort utile. (Ma mine aurait dû l'embar-
rasser : il osa poursuivre.) Une jeune personne qui prend pour
époux un homme âgé, doit... sur bien des articles, être de
bonne heure préparée...

— Je ne vous entends pas, monsieur l'abbé.

— C'est que... dans l'état que vous allez embrasser, tout
n'est pas *roses* ; il s'en faut beaucoup.

— J'avais imaginé que les gens du vôtre avaient assez peu
de connaissance de ce qui regarde l'ordre où je vais entrer ?

— Préjugé que cela, mademoiselle. Les gens de mon état
ont des rapports avec toutes les classes de la société : nous
tenons à tout. Nous sommes si accoutumés à voir... et à
bien voir !... (Et le sot ne voyait pas que je le portais sur les
épaules !)

— Monsieur (lui ripostai-je), j'ai beaucoup de penchant à
vous croire un homme très capable ; mais, toute ma vie, j'ai
pris assez volontiers conseil des circonstances... du moment,
si vous voulez ; et sans me préparer jamais à rien, j'ai com-
munément le bonheur de choisir avec assez d'adresse le parti
convenable... Je crus voir alors mon Cudard sourire avec épi-
gramme, et combiner quelque idée qui lui serait venue sur-le-
champ...

« Pendant tout ce beau colloque, le pauvre petit vicomte
n'avait pas dit une parole. Il avait rêvé, Dieu sait à quoi ; mais
il y eut un moment de silence, ce qui rendit très remarquable
un profond soupir que le pauvre enfant exhala.

— Bonté divine (s'écria l'ex-gouverneur) ! à qui donc en avez-vous avec cette suffocation soudaine ?

— Moi ! riposta Solange, je ne suis point suffoqué… Je me trouve… parfaitement et n'ai été mieux de ma vie.

— Monsieur (interrompis-je) est peut-être fatigué ? (Je le regardais avec amitié.) La promenade le gêne ? On peut rentrer.

— Oh ! Non, non, mademoiselle, demeurons, de grâce : ce jardin est si délicieux ! Et la soirée si belle !

Ah ! Quels yeux, quels yeux, Juliette, il avait en exprimant ainsi son admiration ! Et je crus sentir en même temps que le bras, dont j'enlaçais le sien, se trouvait pressé contre son flanc… Je devinai qu'il étouffait pour le coup quelque nouveau soupir, ne voulant pas donner plus de prise aux sottes annotations du pédagogue. Moi… (tu peux m'en croire) sans coquetterie ; mais… par espièglerie peut-être, et pour savoir si je pouvais avoir quelque part à l'agitation que montrait mon petit promeneur, je fis la faute de lui sourire, avec un mouvement involontaire de la main, qui, peut-être, serra tant soit peu l'une des siennes… Ah ! J'eus bientôt lieu de me repentir de ces apparences d'agaceries. Ne voilà-t-il pas à l'instant mon Adonis qui fixe sur mes yeux les siens brillants comme du phosphore ! Il est sur le point de s'arrêter tout court. Je me vois menacée… Je ne sais si ce n'est point peut-être d'être embrassée à la vue de cent personnes, ou Dieu sait de quelle autre imprudence de jeune homme. Heureusement, M. Cudard venait de s'arrêter pour ramasser un papier fort sale qu'il avait pris pour une trouvaille de conséquence. Je le rappelai bien vite.

« Cependant le cœur me battait ! Les veines du pauvre petit étaient gonflées ! On les voyait serpenter sur son front enluminé… Je le sentais tremblant, brûlant… Je fus obligée (comme s'il y eût eu déjà de l'intelligence entre nous) de lui faire, au moment où l'abbé nous rejoignait, un *chut* imposant.

« Et voilà comment, en dépit qu'on en ait, peuvent naître des malentendus. Qui, dans ce moment, nous voyant ainsi troublés, n'aurait pas imaginé qu'il y ait de part et d'autre un commencement de galanterie ?

« Je me plaignis de la fraîcheur du soir et voulus retourner chez moi tout de suite. Le doux et tendre adolescent nous suivit sans murmure. L'abbé goûtait d'autant mieux ma résolution subite, qu'avant de quitter l'auberge il avait oublié de demander le bulletin du souper ; il se reprochait cette négligence en homme qui affichait une gourmandise… d'abbé ; c'est tout dire.

« Je redoutais fort l'instant où cet inspecteur, visitant la cuisine, me laisserait probablement seule avec mon trop inflammable élève. Par bonheur, Béatrix, qui se trouva devant la porte et que je fis monter avec moi, me sauva le dangereux tête-à-tête. Je renvoyai promptement mon jeune homme, sous prétexte que je voulais me déshabiller ; cependant ce besoin n'était pas le principal objet qui me faisait désirer d'être seule. Je fus invisible jusqu'au moment de nous mettre à table.

« Victoire ! Future baronne (dit, en entrant, avec le souper, l'emphatique et toujours bruyant Cudard : il tenait à la main deux lettres). Voici pour le coup des nouvelles positives et dont vous allez être enchantée. M. le baron m'écrit, et voilà, mademoiselle, ce que j'ai trouvé de joint pour vous à son épître. Ma foi ! Vive la sympathie ! Ce galant homme a su calculer à la minute votre voyage et celui de notre paquet, afin que tout arrivât ensemble. »

Je lus, sans partager à certain point l'extase du sot commissionnaire. M. de Roqueval, après un début de lieux communs galants, dont je ne me sentais nullement touchée, et d'excuses, à propos d'une absence que je m'étais déjà résignée à souffrir très patiemment, s'annonçait pour le lendemain ou le surlendemain au plus tard. Je fis, comme le petit vicomte, un gros soupir, que l'examinateur Cudard ne manqua pas de prendre, avec tout le discernement possible, pour l'expression frappante du désir que j'aurais déjà d'embrasser mon cher prétendu.

« Pendant le court intervalle de temps que le petit amoureux avait passé sans me voir, ses traits avaient déjà souffert de l'altération, il avait perdu la moitié de ses brillantes couleurs. Quand il fut à table, quoique à mon côté, je lui vis l'air sombre, distrait : il ne me regardait presque point. J'étais impatientée de cette conduite, et comme je ne doutais pas qu'instruit avant moi-même du rapprochement de M. de Roqueval, Solange ne fût, à cause de cela, si tourmenté, je fus piquée de l'air que semblait se donner un étourdi de compter d'avance sur assez d'intérêt de ma part pour qu'il se crût en droit de se faire des chances personnelles de ce qui pouvait me concerner. Dans ces dispositions, je fis l'essai d'une manœuvre qui me réussit pourtant assez mal. Je crus, en persiflant le petit boudeur, le réveiller et mettre fin à sa maussaderie ; mais, il avait un assez bon caractère pour me sourire, et me dire même des choses assez agréables, tandis que je le harcelais ; il n'en avait pas moins *le cœur gros,* et des larmes qu'il ne pouvait retenir s'échappèrent tout à coup avec tant d'abondance, que Cudard les eût infailliblement remarquées, s'il n'eût pas été profondément occupé à dévorer une volaille succulente, unique objet de sa gloutonne attention… Cet accès d'appétit nous épargna ce que le mentor n'aurait pas manqué de dire au sujet des vapeurs de l'élève… Je fus enchantée de ce que l'abbé ne voyait rien d'un trouble dont enfin il aurait aussi bien que moi deviné la véritable cause.

« Ce moment, ma chère Juliette, était le premier où, depuis mes malheurs, j'avais, en faveur d'un homme, éprouvé quelque mouvement de compassion… disons plutôt d'attendrissement… Je ne sais, mais si j'avais été tête à tête avec mon petit affligé quand ses pleurs se firent jour, je me serais peut-être mise en grands frais pour lui donner des consolations. Mes yeux, apparemment, lui en dirent quelque chose ; car, après y avoir fixé quelques instants les siens, il reprit visiblement sa sérénité naturelle, sa charmante humeur ; et le plus attrayant coloris reparut sur son visage.

« Pendant ce temps-là, Cudard goinfrait, et buvait comme un Suisse : bourgogne, bordeaux, champagne, il appela de tout ; sous ces beaux noms, on lui présenta les drogues qu'on voulut ; il les huma sensuellement et en telle quantité, que le sage gouverneur était ivre quand nous quittâmes la salle. La paix était faite à la sourdine entre l'élève et moi ; Cudard eut l'insolence de me voler un quart de baiser ; je lui aurais arraché les yeux, si je n'avais imaginé soudain que cette vivacité m'autorisait sans doute à donner à mon tour un baiser tout entier, et de la bien bonne espèce, au petit témoin. Là-dessus, nous allâmes tous essayer de dormir...

« Je vais aussi, ma chère, te laisser respirer un moment et combiner comment je pourrai te peindre (sans trop effaroucher ta pudeur) le reste un peu bien fort de ma singulière aventure...

« Je poursuis. On supposerait volontiers qu'une jeune personne qui pendant cinq jours de suite a été cahotée, et n'a pas eu de très bons gîtes, va s'endormir, lorsque, enfin, à peu près parvenue à sa destination et passablement contente, elle se trouve étendue dans un excellent lit. Cependant, je ne fus pas assez heureuse pour que les pavots de Morphée vinssent à souhait engourdir mes paupières. Une chaleur dévorante précipitait la circulation de mon sang ; aucune attitude ne me semblait commode ; sans rhume, j'éprouvais une oppression...

« Après m'être longtemps agitée dans mes draps, ta pensée (que j'avais, je te l'avoue, un peu repoussée, comme si j'eusse eu honte de me voir citée par elle au tribunal de la fidélité), ta chère pensée, qui m'obsédait, eut enfin audience.

« J'avais de la lumière : je me levai pour courir à certaine cassette, où tu sais que je conserve avec le plus tendre soin les trésors de notre amour. J'apportai près de mon lit ce meuble, et j'en tirai tes lettres... dignes de Sapho : je les relus avec une tendresse... avec un désir !... Je portai tes beaux cheveux à ma bouche... Je mis autour de mes hanches cette galante ceinture, à laquelle il te souvient que pend un médaillon précieux, où, derrière ton portrait, sont enchâssées certaines dépouilles... cher trophée de mon bonheur claustral. Oh ! bien sincèrement et sans cajolerie, ma Juliette, je puis t'affirmer que ce talisman de plaisir ne toucha point en vain un champ où les traces de ton amoureuse moisson sont encore récentes. Mille délicieux souvenirs m'enivraient, et, sans qu'il fût besoin de recourir à cette effigie grossière[7] que j'ai voulu conserver, qui tant de fois nous servit tour à tour à pulvériser dans le mortier de Cythère *le désir de l'homme* que nous y voulions exterminer ; ta céleste image, aidée du plus léger attouchement, me fit deux fois oublier mon être dans le sein du parfait bonheur. C'était cette réparation de mes torts envers toi, cette amende honorable qu'attendait Vénus, protectrice de tes intérêts, pour me permettre de fermer l'œil...

---

7. N'en déplaise à la sublime Erosie, l'usage de ce qu'elle indique ici dément un peu sa prétention aux vierges appas (v. p. 10). Une demoiselle, après avoir vécu du régime dont elle nous fait l'aveu, peut valoir une veuve, au dire des connaisseurs. Les malins vont plus loin : ils donneraient volontiers, à deux amies aussi délicates, aussi fières de n'avoir jamais connu l'homme, des brevets de catins.

« J'eus une nuit délicieuse. À mon réveil (il était déjà grand jour), je me mis à méditer sur tout ce qui s'était passé le jour précédent… On m'avait fait du feu. Quelque peu de fumée rendait nécessaire la précaution d'aérer ma chambre ; mais la croisée était trop près du lit pour qu'on pût l'ouvrir sans m'incommoder ; on préféra donc de laisser ma porte entrouverte. Béatrix allait être occupée chez elle à mettre en état les chiffons que j'avais choisis pour ce jour-là. Calme et livrée ainsi à moi-même, je me sentais exister bien agréablement.

« Que j'étais folle (me disais-je avec gaieté) ! J'ai failli, pour un enfant, déroger à mes principes !… car enfin… il m'avait intéressée, je ne puis me le nier… C'est qu'en effet il est bien beau ! bien aimable !… Quels traits ! Quelle tournure ! Et les grâces qu'il a dans son langage ! Dans ses manières ! Dans ses moindres mouvements !… Mais cela n'a que seize ans. En même temps, mes regards se trouvaient, par hasard, dirigés sur l'outil auxiliaire que tu connais, et qui avait le nez hors de ma cassette… Devine l'idée bouffonne qui me survint… C'est… qu'il devait y avoir bien de la différence entre cette figure étoffée et le joujou naissant dont ce pauvre petit Solange devait être pourvu. Le ridicule de l'échantillon animé, placé par mon imagination à côté de l'effigie, me fit sourire, et pour mieux m'amuser du parallèle, je saisis l'objet qui se trouvait à ma portée, au défaut de celui qui n'y était pas… Ce que je tenais me parut plus fort qu'à l'ordinaire… impraticable même, quoique nous l'ayons si souvent employé… Comme si j'avais douté que ce fût le même, je fis l'enfance de l'approcher du

seuil de son domaine... et je me dis : Un Solange figurerait
là beaucoup moins bien... D'ailleurs, il est homme ; il n'aura
jamais l'honneur d'en approcher...

« Etourdie ! J'avais totalement oublié que ma porte était
ouverte ! Bornée par mon seul rideau, j'agissais comme si
j'avais été seule au monde ; gênée par mes couvertures, j'étais
sortie tout à fait de mes toiles. Un écart lascif préparait l'accès
au joujou chéri !... Dieux ! Mon baldaquin s'entrouvre ! C'est
Solange, un gros bouquet à la main, et qui, léger comme
l'ombre, s'était avancé jusque-là !

« Un coup de foudre ne m'aurait pas mieux atterrée. Je fais
un cri sourd et me hâte de cacher ma turpitude, en m'enfon-
çant dans mon lit. L'indiscret, non moins frappé, tombe la
face sur moi... Nous gardons d'abord un morne silence ; je le
romps enfin, furieuse, et, me retournant avec brusquerie vers
le téméraire visiteur :

— Osez-vous bien, monsieur (lui dis-je), vous arrêter ici
quand vous venez de me causer une frayeur...

— Pardon, mille fois pardon, mademoiselle.

— Entra-t-on jamais ainsi chez une personne de mon
sexe !...

— Hélas ! Je vous supposais endormie... Je me flattais de
vous voir un instant à votre insu, et de pouvoir poser sur votre
lit ces fleurs, qui, lors de votre réveil, vous auraient appris...

— Quoi ?

— Que la première pensée du tendre Solange avait été pour
vous ; car, à quel autre que moi auriez-vous pu imputer cette
légère marque d'attention ?

— Sous toute autre forme, monsieur (répliquai-je plus d'à moitié radoucie), votre attention m'aurait infiniment touchée ; mais...

« Que pouvais-je ajouter de raisonnable, Juliette ? J'aurais eu bonne grâce à faire la méchante ! à quereller ! J'allais être, ma foi ! La plus embarrassée, si l'aimable enfant, tombant à mes genoux et portant à sa bouche ma main dont il demeurait emparé, ne s'était mis éloquemment en frais de justification. Peine inutile, car j'étais bien éloignée de lui vouloir du mal ; mais j'avais besoin qu'il entrât en scène, afin que je fusse dispensée de pousser plus loin un rôle que je sentais ne pouvoir soutenir avec vérité... Le prétendu criminel dit tout ce qu'il voulut ; je me tirai d'affaire avec un air de demi-colère que je n'avais point de peine à laisser dégénérer par degrés en indulgence. Ma position exigeait ce petit manège. Quelque coupable que pût être, dans le fait, celui que son intention et surtout son amour justifiaient si bien, sa cause n'était pas à beaucoup près la plus mauvaise. Sans ma faute, quelle eût été la sienne ! Il s'agissait donc de détruire l'impression que ce qu'avait vu Solange (eût-il été plus enfant encore) ne pouvait manquer de faire naître dans son esprit.

« Cependant, au lieu de se prévaloir de sa découverte et de la prise qu'elle lui donnait sur moi, le pauvre petit, toujours contrit, toujours suppliant, couvrait ma main de baisers.

— Belle, mais perfide main (disait-il), je te caresse, et j'y ai bien du plaisir... tu n'es pourtant que mon ennemie (ceci m'étonna).

— Que voulez-vous dire, monsieur ?

— Cruelle ! Eh ! N'ai-je donc pas vu...

— Vous devenez fou, mon cher Solange.

— Vous flatteriez-vous d'abuser de votre ascendant au point... ! Quoi ! Tout à l'heure, cette main adorable n'était-elle pas armée d'un formidable instrument et ne le dirigeait-elle pas... ?

— Achevez de dire quelque impertinence !

— Je me tais, mais... je sais trop ce que l'exercice égoïste où je vous ai surprise a de fatal pour un amant[8]...

« Je commençais à n'être plus à mon aise.

— Parlons un peu raison (dis-je, lui retirant ma main et m'élevant assise contre mes oreillers). En supposant qu'il y eût quelque chose de répréhensible à ce dont votre indiscrétion, peu civile, vous a fait témoin, quel droit auriez-vous, s'il vous plaît, à vous en formaliser ?

— Aucun sans doute, mais si vous aviez un peu...

— De prudence, voulez-vous dire apparemment... ma porte aurait été fermée, et vous n'auriez pas maintenant la cruelle satisfaction de m'humilier.

— Vous humilier ! Moi qui vous adore ! Moi qui suis votre esclave ! Oh ! Non, non ; je pourrais plutôt me croire infini-

---

8. Si l'on continue de lire, on cessera d'être étonné de voir notre enfant de seize ans parler et même agir comme l'homme le plus formé. Solange n'en était pas (comme le fait le prouve) tout à fait à sa première aventure. En dépit du collège et de l'abbé, son éducation amoureuse était déjà bien avancée. Paris est un séjour où les jeunes gens sont si précoces ! Et, pour peu qu'ils aient des dispositions à saisir les principes mondains, il y a de si bons professeurs !

ment heureux d'avoir vu ce qui s'est passé !... mais il aurait fallu pour cela... ou plutôt vous ne l'auriez pas fait si... (Il fixait ses regards sur les miens sans continuer.)

— Poursuivez ; faites-vous mieux comprendre.

— Une femme un peu susceptible de compassion et qui aurait daigné réfléchir à l'état violent où je suis depuis que j'ai le bonheur ou le malheur de vous connaître... si d'ailleurs elle n'eût pas éprouvé pour moi quelque répugnance insurmontable, et que ses sens l'eussent tourmentée... (À travers tout son petit tortillage, je le voyais très bien venir : à dessein donc de l'aider un peu.)

— Cette femme !... eh bien !

— M'eût donné la préférence.

Et voilà mon pauvre petit tout confus, repentant peut-être d'avoir laissé échapper cet aveu cavalier. Cependant, au lieu de me fâcher, comme pour la décence j'aurais peut-être dû le faire, je fais la folie de rire aux éclats.

— Comment (ripostai-je d'un ton railleur) ! à seize ans ! Mais, mais, mon ami, voilà de ces propositions... qu'on ose tout au plus faire quand, décidément libertin, on a sous la main quelque femme d'une dissolution connue... car, avec toute autre, il n'y a qu'une longue habitude ou des sentiments réciproques bien avoués qui puissent relever l'homme le plus épris du respect qu'il doit à notre sexe.

— Ah ! Oui, je n'ai qu'à me conformer à ces belles maximes ! Une longue habitude ! Des sentiments réciproques ! Avons-nous le temps de voir se former tout cela ! Vous en parlez bien à votre aise ! Indifférente, bravant l'amour, et devant vous marier après-demain, vous ne vous souciez guère de ce que va devenir le malheureux Solange. Ce M. de Roqueval, qui revient pour votre bonheur, fera mon supplice ; il me comblera, si vous voulez, d'amitié, à cause de mon père ; il me conduira chez le ministre, voilà qui est fort bien ; mais après cela, le bourreau qu'il est me fera témoin de son funeste mariage ; le lendemain il me renverra dans ma famille… Et cependant vous serez à jamais perdue pour le malheureux que vous avez ensorcelé… Ah ! J'en mourrai… Non, non, mademoiselle ; je ne survivrai point au moment affreux qui m'arrachera d'auprès de vous !

« Et voilà les plus beaux yeux du monde changés en deux ruisseaux de larmes… Mes mains en sont trempées. J'allais, peut-être, dire quelque chose de trop, quand le bel enfant continua : « Si vous étiez de ces femmes austères, sauvages, qui méconnaissent le charme de la volupté ! Mais après ce que j'ai vu !… barbare !… Pourquoi pas plutôt moi ? Pourquoi pas, au lieu d'une idole difforme, un être vivant qui se consume pour vous ?… » Conçois-tu, ma chère Juliette, qu'on puisse raisonner plus juste ? Et crois-tu qu'il m'eût été décent de faire la bégueule avec le clairvoyant témoin de ma luxurieuse manœuvre !

— Mais, Solange (lui dis-je, me prêtant à l'effort qu'il faisait pour prendre un baiser), quand je t'aurais trouvé fort aimable, quand je serais assez faible… tu vois, mon bel ami, que je le suis peut-être plus que tu ne l'imaginais… Oui, je te l'avoue, je n'ai pas un instant douté de t'avoir donné de l'amour. Tout ce que tu m'as laissé voir de tendre, d'impétueux, m'a flattée.

Ton imprudence même d'être venu ce matin, je t'en sais gré ; je crois, en un mot, que, pour faire une joyeuse folie, on ne pourrait choisir un être plus charmant et moins capable que toi de donner des sujets de repentir. Mais, avec tout cela, mon cher, si je me livrais à ton penchant, au mien ; si nous venions à perdre la tête, à quoi cela nous mènerait-il ?

— Au bonheur, céleste amie, au parfait bonheur !

— Parfait bonheur immédiatement suivi de peines cruelles ! Tu me le faisais observer à l'instant. N'aurai-je pas dans vingt-quatre heures un souverain maître, des devoirs sacrés ?

— C'est donc à nous de reculer de vingt-quatre heures un malheur inévitable qui commence dès maintenant, si nous raisonnons en sophistes, quand tout nous invite à jouir en amants.

« Ah ! Juliette ! C'est mon étoile qui, pour confondre ma trop présomptueuse confiance en moi-même, me suscitait cette étrange aventure, et voulait, afin que je fusse complètement humiliée, qu'un enfant triomphât de ma haine factice contre tout le sexe masculin. Ne trouves-tu pas que mon énorme préjugé, vaincu d'emblée par Solange, rappelle ce fanfaron de Goliath que le petit David terrassa du premier coup ?

« Mais laissons ces puérilités. Tu dois être impatiente de voir comment va se terminer notre singulière argumentation. Puisse, hélas ! Le dénouement ne pas te déplaire, mon cœur. Voici l'instant où, comme souveraine de mes inclinations, tu vas être mortellement offensée ; mais j'aurai mon tour, et tu peux d'avance compter sur le même pardon, que tu ne me refuseras pas sans doute.

« Qui l'eût cru d'un enfant ! Au reste, ce qu'il va faire est moins difficile à l'âge le plus tendre, que ces tours de force d'un esprit prématuré par lesquels mon petit séducteur m'a déterminée enfin à combler ses amoureux désirs.

« Un baiser, de ceux qui signifient tout, qui donnent carte blanche pour tout, mit fin à notre débat sentimental. Tandis que nos bouches étaient collées, nos langues enlacées, des mains prévoyantes arrachaient ma triple enveloppe. Déjà mes plus attrayantes richesses étaient saisies, incendiées, et souffraient un doux pillage. Quel écolier, grands dieux ! Quel parti ne sut-il pas tirer de ses premiers succès ! Avec quelle adresse n'escamota-t-il pas si bien les apprêts du triomphe décisif, que je croyais le vainqueur bien loin encore de faire son entrée, lorsque je reconnus qu'il était déjà maître absolu de la forteresse… Mais, que dis-je ? Tandis que ma tête roulait peut-être encore quelque sot projet de résistance, ah ! sans doute, tout le reste de mon individu était d'intelligence avec l'ennemi pour que je fusse complètement subjuguée ; car lorsque après un moment (de ceux qu'aucune plume ne peut décrire, de ceux que peu d'heureux peut-être peuvent obtenir et qu'il faut avoir connus pour pouvoir s'en faire une juste idée)… lors, dis-je, que je revins à moi, je reconnus que, de tous mes membres, j'avais saisi, étreint, enchaîné le bel enfant, comme si j'avais essayé de le faire passer tout entier au-dedans de moi… Nous nous renvoyions réciproquement nos âmes du fond de nos poitrines, avec nos brûlantes haleines… O sexe trop fait pour nous, trop nécessaire à notre bonheur, comme

Solange te vengeait par la conversion d'Erosie et la défaite de ta plus intrépide antagoniste !

« Cependant, chère Juliette, comme j'ignore si j'aurai le temps, avant l'arrivée du baron, de finir la tâche de ma confession, dont tu ne sais pas encore ce qui m'a rendue le plus coupable, je vais à bon compte t'expédier ce que j'ai griffonné. Trouve bon qu'en finissant je te demande humblement pardon, et t'assure que si les vapeurs de ma tête exaltée peuvent, en se dissipant, entraîner aussi la passion chimérique que tu m'avais inspirée, du moins mon attachement parfait et réfléchi conservera dans mon cœur plus sage une existence inaltérable. Adieu, Juliette, ton Erosie te couvre de baisers. »

*À Fontainebleau, le 3 novembre 17**.*

Seconde lettre d'Erosie à Juliette

« Je venais, chère et tendre amie, d'envoyer à la poste le premier volume de mes sottises, quand une seconde missive, adressée pour le coup directement à moi, m'a fait savoir qu'encore deux jours se passeraient sans que je visse arriver M. de Roqueval. Ainsi soit-il !

« Qu'ai-je besoin (me suis-je dit) de me trouver, même aussitôt, en face d'un homme à qui j'ai *manqué* (car il faut bien en convenir, à moins de prétendre à me mettre au-dessus de toutes les idées reçues)... avec un homme, enfin, devant lequel je ferai peut-être l'enfance (à vingt ans !) de rougir, comme si j'avais lieu de craindre qu'à son arrivée il ne lise sur ma physionomie que d'avance j'ai décoré son front !... Cependant, Juliette, il faudra bien qu'il soit sorcier s'il devine tout... et je le donnerais en cent... à toi-même, qui sais déjà la bonne moitié de ma galante équipée. En vérité, mon cœur, si je n'avais qu'une turpitude abominable à te raconter, je te ferais grâce du reste de mon aventure, mais quelques détails, selon moi, si bons à savoir, se mêlent à ma propre scène, que, de nouveau, je vais victimer mon amour-propre en faveur de ce goût décidé que je te connais pour toute peinture lascive.

« Après m'être volontairement et bien délicieusement donnée à mon petit séducteur, un retour vers la bégueulerie eût été quelque chose de fort ridicule ; l'éprouver ne m'était pas possible ; le feindre ?... à quoi bon ! Cette plate fausseté m'aurait assez mal réussi sans doute. Heureuse, parfaitement heureuse ; pressant contre mon cœur l'être charmant avec lequel je venais de m'unir ; donnant, recevant mille et mille baisers, et tous deux inaccessibles au souvenir de notre porte pleinement ouverte, nous jasions avec l'abondance et l'ivresse du contentement absolu...

« — Comment, petit démon (dis-je à mon enfant gâté), se peut-il qu'à ton âge, et sortant d'un triste collège, tu aies pu former un plan de *bonne fortune* si rusé, si bien combiné ?

— Hélas, ma chère vie, je n'ai point de ruse ; je n'avais rien prévu : tu es infiniment belle ; tu m'as rendu amoureux ; un désir violent agit vite et profite de tout ; une occasion s'est offerte ; je l'ai saisie : l'instinct du plaisir suffisait pour tout cela. Notre sympathie a fait le reste...

— Il n'y a pas, à ce que je vois, de novices parmi vous autres hommes, et l'on a grand tort de plaisanter aux dépens de ces prétendus *timides* qu'on croit ne savoir comment déclarer une première passion, et que les femmes, dit-on, quelquefois sont obligées de provoquer, pour qu'ils aillent un peu vite au *but*, quand elles le connaissent elles-mêmes et qu'elles ont résolu de les y pousser.

— Pardonne-moi, mon cœur ; ces timides-là sont en grand nombre ; on commence presque toujours par cette *gaucherie* que tu viens de décrire, et, tout comme un autre, j'ai payé ce tribut. Mais on est plus ou moins chanceux dans la rencontre de la première belle à qui l'on adresse son voluptueux hommage, ou qui se fait un plaisir de nous le dérober... Je te dirais bien, dans ce genre, quelque chose d'assez piquant, et qui m'est relatif… mais, près de toi, je ne saurais m'occuper que de toi seule… les moments sont courts… laisse-moi… (Il voulait…)

— Non, non (lui dis-je), modère un instant ce transport, qui me flatte, mais auquel je ne veux répondre qu'après que tu m'auras fait confidence de ce que tu viens d'annoncer. Dis, dis-moi, cher toutou, qui fut, avant ce jour, l'heureuse friponne qui te donna les excellentes leçons dont il est évident que tu as si bien profité ?

— La nommer serait un crime[9] ; mais sous le nom… de *Lindane,* si tu veux, je vais te crayonner le portrait d'une femme qui a bien voulu se charger du tendre soin d'éclairer mon inexpérience, et de me donner les doux préceptes dont je viens de faire une si heureuse application. Cependant, ma divine, il faudra me permettre de t'ennuyer ; autrement j'aurais peine à te faire comprendre à propos de quoi cette fée bienfaisante m'apparut et voulut bien prendre à moi quelque intérêt.

---

9. Solange était fait pour trouver dans son propre cœur ce sentiment de justice et de reconnaissance ; mais, outre cela, l'institutrice aimable (qu'il fera bientôt connaître vaguement) lui avait recommandé pour toujours la discrétion comme l'une des vertus les plus utiles aux galants et comme l'un des moyens les plus sûrs pour qu'ils aient beaucoup de femmes. En effet, celui qui n'a jamais cité ses bonnes fortunes, inspire la confiance ; on hésite moins à le rendre heureux ; il obtient des faveurs qu'on ne regrette point et qu'on ne regrettera jamais ; et quand cette douce chaîne vient à se rompre, il conserve encore l'estime et l'attachement de celles qui n'ont plus d'amour, tandis que le fat, décrié, méprisé, trouve dans ses maîtresses désenchantées autant d'ennemies qui souvent font pis que de lui rendre difficiles de nouvelles intrigues. Que ne peut-on persuader de cette vérité l'essaim de ces avantageux, fatals aux amours, qui ne se plaisent qu'à diffamer celles qu'ils ont pu séduire !

« C'est maintenant l'ingénu Solange qui va t'entretenir, ma chère Juliette ; et pour ne point l'interrompre, je te fais grâce des questions éparses que j'ai pu lui faire pendant son récit.

« — Dès l'âge de treize ans, je sus (je ne me rappelle pas précisément à propos de quoi) qu'il existe entre ton sexe et le mien une différence de conformation. Certaines estampes immodestes que possédaient, dans le plus grand secret, quelques-uns de mes condisciples les plus formés, et qu'ils eurent l'imprudence de me montrer, occasionnèrent de ma part mille questions auxquelles ils se firent un plaisir de répondre. Dès lors, ces aimables instituteurs devinrent les objets de ma fervente amitié. J'appris d'eux tout ce qu'ils savaient eux-mêmes, c'est-à-dire bien plus (et j'en rougis) que ce qui concerne les vrais rapports de notre sexe avec le tien. Ils connaissaient, ces pervers ! Des pratiques palliatives de plus d'un genre. La première, qui me fut enseignée au bout de très peu de temps, me sembla bien douce et bien commode. Plus les sensations qu'elle procure sont nouvelles, plus elles sont ravissantes. Pendant près d'un an, j'en fis, quoique avec modération, mes uniques délices ; mais je devenais grand garçon ; on me crut digne enfin de recevoir un grade de plus : on me pressentit avec la bonne volonté de m'initier… j'en étais à peu près là quand il arriva ce que je vais dire.

Il y avait dans notre collège un garçon de seize à dix-sept ans, sorti, je crois, des Enfants-Trouvés, et domestique dans notre pédantesque solitude[10]. Ce balourd avait reçu de la na-

---

10. Le tableau qui suit, au défaut du coloris de la vraie volupté, que ne peuvent avoir les objets qu'il représente, a du moins celui d'une confiance naïve qui peut

ture un embonpoint frais et vermeil ; sa tête ronde, moutonne, ornée d'une forêt de cheveux du plus joli blond, n'aurait pas mal été sur les épaules d'une grosse dondon de la basse classe du peuple. Claudin (c'est ainsi qu'on le nommait), simple, sot, pourtant babillard, était familier et si dominé par l'intérêt et l'appétit, que, pour le moindre argent, ou pour quelque friandise, on pouvait exiger de lui les choses les plus déraisonnables. Tous nos pédagogues, tous nos humanistes, philosophes, et, bien entendu, M. Cudard aussi, faisaient grand cas du maniable Claudin. Il visait au bouffon, cela faisait grand effet dans un séjour dénué d'amusements ; et puis encore le petit rustre croyait bêtement, ou feignait de croire que, dans un collège, on se rend fort recommandable en affichant le désir de s'endoctriner. En conséquence, il paraissait épier avec soin les occasions où, pendant nos récréations et d'autres moments de loisir assez rares, le premier venu de nos pédants pouvait le faire lire, écrire ou répéter quelques tirades de livres classiques qu'il faisait semblant de vouloir savoir par cœur, bien qu'il n'y comprît pas une syllabe. Avec toute *l'enfance* de la maison, Claudin jouait un autre rôle. Pour quelques soins, pour une pomme, il endurait des *mystifications,* grimaçait, ou faisait de

---

mériter aussi bien l'indulgence du lecteur. D'ailleurs, tout ce que va raconter le petit vicomte est de nature à fournir de sérieuses réflexions aux parents qui confient leurs enfants à l'éducation vicieuse de certains collèges. En considération du but moral que nous avons cru démêler à travers l'incongruité de ces détails épisodiques, toutes réflexions faites, nous avons pris le parti de ne rien retrancher. On conviendra sans doute qu'en fait d'érotisme les bornes entre le bon et le mauvais goût ne sont point encore fixées.

gauches contorsions du corps qu'il nommait ses *tours de force*.
J'étais espiègle et gai : Claudin me faisait rire ; et comme, pour
sa gourmandise et son avarice, j'étais l'un de ses plus utiles
chalands, il m'honorait d'un attachement particulier : je le
traitais aussi comme une espèce de camarade.

Pourtant un jour :

— Claudin (lui dis-je avec quelque défiance), en vérité, je ne
conçois pas pourquoi tu t'enfermes si souvent avec mon vilain
abbé Cudard. Je crains bien que ce ne soit pour lui faire sur
mon compte des paquets… Prends-y garde ! Si…

— Moi, monsieur ! Ah bien ! C'est joliment moi qui fais
des paquets à MM. vos précepteurs ! Ah dame ! Quand j'ai
l'honneur d'aller vers eux, ils songent bien à me parler de leurs
disciples, ma foi !

— Eh ! De quoi diantre peut te parler… par exemple, un
Cudard, qui fait profession de ne s'occuper que de moi ? Il est
insoutenable…

— Oh bien ! Il y a pourtant des moments où il n'y pense
guère.

Bref, de fil en aiguille, et moyennant un écu (grosse somme
pour un Claudin), j'arrachai, par lambeaux, l'aveu complet
d'une intimité… qui me sembla d'abord incompréhensible,
mais qu'à force de questions et de réponses je fus enfin en état
de supposer praticable. Je ne te cacherai pas, ma bonne amie
(c'est toujours l'écolier qui parle, et tu nous écoutes, Juliette ?),
je ne te cacherai pas qu'il s'était passé parfois, entre l'obligeant
Claudin et moi, fort complaisant aussi, de légères scènes de

polissonneries réciproques ; mais, en honneur, j'étais à mille lieues de l'infamie de Cudard ; jusqu'à cet instant, je n'en avais pas eu la moindre idée. Claudin venait de m'expliquer tout cela de la manière la moins équivoque. Pour un écu de plus il ne tint qu'à moi de passer des connaissances de la théorie à celles de la pratique. Mais, soit pudeur, soit dignité, soit aussi la crainte d'être trahi auprès de Cudard, je refusai net les bontés qui m'étaient offertes.

Cependant ces singulières ouvertures m'avaient frappé : des images imparfaites se retraçaient sans cesse à ma vive imagination ; un désir curieux m'obsédait…

J'avais pour ami particulier le jeune…, disons Saint-Elme, toujours pour ne désigner personne par son véritable nom[11] ; cet ami, de deux ans plus âgé que moi, cadet de trois enfants d'un père assez dur qui venait de se remarier, et tonsuré pour jouir déjà du revenu de quelques chapelles, Saint-Elme, dis-je, n'aurait eu aucunes dispositions pour être d'Eglise, si tout de bon il était indispensable qu'un ecclésiastique fût chaste, doux, sobre, sans ambition, etc. Saint-Elme, au rebours, était le plus dissolu de mes camarades ; sans cesse il se faisait quelque que-

---

11. Solange, enfant léger et ne pensant nullement, dans la position où nous le savons, à faire un discours académique, il faut qu'on lui pardonne son bavardage et ses enjambements, d'épisode en épisode. Ceci n'est point un roman fait à plaisir, mais une copie d'originaux auxquels nous aurions mauvaise grâce à changer la moindre chose, l'ouvrage dût-il y gagner quelques degrés de perfection quant à sa forme.

relle par un excès de pétulance qui offusquait en lui le meilleur naturel. Quant à l'orgueil et au désir des richesses, ces défauts s'étaient développés dans son cœur dès la plus tendre enfance. Aussi Saint-Elme portait-il fort gaiement son petit collet, parce qu'il avait très bien saisi qu'étant d'une maison assez considérée et neveu d'un prélat en crédit, il ne pouvait manquer d'être quelque jour évêque ou gros abbé commanditaire.

Ce qui résulta des consultations secrètes que je préférai de prendre auprès de Saint-Elme, sur les matières que Claudin m'avait dégrossies, n'est pas fait pour se mêler, dans l'imagination d'une amante adorable, aux récentes impressions de vraie volupté qu'elle vient de recevoir. Regarde donc, chère âme, la prétérition des conférences mystérieuses que j'avoue avoir eues avec le débauché Saint-Elme comme l'humiliante expression du plus sincère repentir que j'ai de me les être permises…

« Je commençai, ma Juliette, à m'impatienter un peu, ne concevant pas comment un Claudin, un Saint-Elme, tout à fait étrangers à la méthode qui venait de si bien réussir à Solange auprès de moi, pourraient m'amener cette Lindane que je brûlais de connaître. J'en fis la question. »

« Deux mots encore et nous en sommes à elle, répondit le petit conteur » ; puis il continua :

« L'extrême amitié que nous affichions, Saint-Elme et moi, devint bientôt l'objet de l'animadversion de tout l'aréopage scolastique.

Nous étions un peu pâles, nous maigrissions. M. Cudard, qui devinait, ou, plus vraisemblablement, à qui le sieur Claudin avait dit ce qu'il pouvait savoir de mes progrès dans la carrière du libertinage, le zélé Cudard trouva bon de m'observer… Un jour il me surprit composant avec mes désirs : il partit de là pour redoubler de vigilance et de sévérité. Ce ne fut pas assez de m'obséder le jour, il étendit jusque dans le loisir des ténèbres la rigoureuse observance de ses devoirs, et me signifia bientôt qu'avec l'agrément des supérieurs, il partagerait dorénavant ma couche. Le trait était atterrant ; car la nuit du moins je me vengeais un peu de la contrainte du jour. Je ne me fiais plus au vénal Claudin, et Saint-Elme, non par refroidissement, mais par égoïsme et de peur de se trouver englobé dans mes disgrâces, ne familiarisait plus que furtivement avec moi : les occasions en étaient des plus rares. La nuit donc je me retraçais de charmants souvenirs ; ils m'agitaient, et je ne manquais guère d'apporter à ce voluptueux tourment un peu de remède… Cudard, de moitié de mon lit, allait me réduire au désespoir.

Oh ! Le mauvais coucheur ! Ma tendre amie. Odeur fétide, ronflement importun, position en zigzag qui ne me laissait presque point d'espace dans un lit d'ailleurs assez étroit !… Mais, ce maudit homme qui m'avait si vivement chapitré sur mon petit vice impur, dont il avait sans doute raison de chercher à me corriger, croiras-tu bien qu'il n'était pas plus sage que moi ! Que, dès qu'il se croyait pleinement assuré de mon sommeil, il se livrait à la même turpitude ! En un mot, que plus d'une fois il prit lui-même le soin d'exciter chez moi, croyant le faire à mon insu, les dangereuses sensations que proscrivait son austère morale !

Ce qui pourtant passait un peu trop les bornes, c'est qu'une nuit, comme je dormais pour le coup tout de bon et bien fort, je me sentis éveillé par une atteinte criminelle qui ne tendait à rien de moins qu'à me déshonorer[12] en me déchirant ! Si dans quelques autres occasions j'avais avec succès joué le dormeur pour ce qui pouvait m'être agréable, cette fois-ci, m'éveillant avec douleur et surprise, je ne songeai pas à rien ménager :

« Ouf ! Doucement donc, monsieur Cudard ! dis-je, en changeant brusquement d'attitude ; quel rêve pénible faites-vous donc là ! Vous me pressez à m'estropier ! »

Lui, pas un mot. Mais, ma chère, peins-toi ma disgrâce et l'excès de colère où je me mis ! La main que j'opposais en parlant se trouve à l'instant, ainsi que la moitié de ma place, souillée d'un flux visqueux, à peine connu, et dont j'ignorais surtout qu'aucun degré de plaisir pût faire couler une telle abondance. J'étais furieux. Mon coquin cependant n'eut pas l'air d'y faire la moindre attention, et, feignant à son tour un sommeil léthargique, il se mit à ronfler avec une telle mala-

---

12. Ici le jeune homme raisonne avec délicatesse et discernement ; mais, ne lui en déplaise, pourquoi cette idée décente ne lui vient-elle pas à l'esprit la première fois que son ami Saint-Elme essaya de lui communiquer ses connaissances de pratique ?

dresse et un bruit si outré qu'ils ne pouvaient faire illusion à personne.

Le lendemain je roulais dans ma tête comment je pourrais, sans me compromettre à certain point, mettre sur le tapis mon aventure nocturne, et bien employer, pour nuire à Cudard, les dangereuses armes qu'il venait de me donner contre lui. Mais, le même jour, des nouvelles intéressantes, que reçut le cher Saint-Elme, et qui me concernaient en partie, firent diversion en m'occupant de projets beaucoup plus agréables à mon imagination que celui de confondre et faire chasser mon luxurieux gouverneur.

C'était au commencement du mois d'août dernier : la belle-mère de Saint-Elme, pour faire un peu la cour à son vieux mari, s'était proposée de réunir auprès d'eux à la campagne, pendant le reste de la belle saison, les trois enfants du premier lit. Mais l'aîné, qui servait dans un régiment de cavalerie, refusait net ; une sœur, qu'il conseillait, refusait de même ; le seul Saint-Elme, qui n'avait pas de grandes raisons de fortune pour haïr provisoirement sa belle-mère, et qui, d'ailleurs, s'ennuyait mortellement au collège, avait accepté de grand cœur l'invitation. Lindane (c'est mon institutrice, nous allons enfin en parler !), Lindane savait à Saint-Elme tout le gré possible d'une complaisance qui faisait le procès à la conduite désobligeante du capitaine et de sa sœur. Pour mieux marquer à l'abbé toute sa satisfaction, Lindane ajoutait à ses remerciements l'offre de bien accueillir quelqu'un de ses camarades, que, pour qu'il s'amusât mieux à la campagne, elle le priait d'amener avec lui. Le choix de mon plus cher ami pouvait-il ne pas tomber sur moi ?

Saint-Elme achevait sa philosophie. Du collège, il était décidé qu'on le transplanterait tout de suite au séminaire de Saint-Sulpice : on ne pouvait donc s'opposer à son départ. Quant à moi, l'accompagner, surtout avant la vacance des classes, était quelque chose de fort difficile à obtenir ; mais de prudentes mesures ayant été prises avec le plus impénétrable secret, Saint-Elme fit que Lindane écrivit à mon père, qui consentit. Cudard, que ce déplacement devait aussi soulager tant soit peu de la gêne de notre clôture, fut enchanté, quand, à l'improviste, l'ordre paternel lui parvint pour qu'il me suivît chez les parents de Saint-Elme. En dépit du danger qu'il y avait à me rapprocher trop de cet ami, prétexte de tant de soins et de défiance, Cudard fut le premier à presser les préparatifs du voyage. On partit.

Cependant les geôliers farouches auxquels nous échappions nous ménageaient clandestinement de quoi troubler beaucoup nos champêtres jouissances. Si Lindane, entre les mains de qui tomba, par bonheur, certaine lettre adressée à son mari, n'eût pas été la femme la plus prudente et du meilleur naturel, mille dégoûts nous eussent assaillis dans un séjour où nous étions venus chercher des dissipations et du plaisir. Ces infernaux pédants n'avaient-ils pas eu l'indignité d'écrire que les émigrants étaient de petits vauriens corrompus, épris follement l'un de l'autre, et plus que soupçonnés d'entretenir ensemble un infâme commerce ! Cudard avait sa petite note aussi. L'écrit de ces messieurs le désignait comme un adroit débauché sur lequel il convenait d'avoir l'œil. Claudin apparemment l'avait un peu terni et fait passer pour… tel que nous avons eu l'honneur de le connaître.

Mais l'admirable conduite de Lindane prouva que de semblables libelles sont sans effet, quand ils ne provoquent au mal que des cœurs honnêtes et des esprits justes. Cette dame, il est vrai, ne dédaigna pas absolument l'avis des noirs délateurs ; mais ce fut pour nous sauver (au lieu de nous perdre, comme ils en marquaient l'envie) que Lindane y eut égard.

La terre du marquis, père de Saint-Elme, était un délicieux séjour. Nous y vîmes, l'abbé et moi, tous deux pour la première fois, Lindane, petite personne, régulièrement jolie, mince, parfaitement bien faite, d'une élégance recherchée ; poupée accomplie, en un mot, et qui cachait, sans beaucoup d'efforts, trente ans bien comptés, sous des dehors tellement enfantins, que même à bout portant elle paraissait à peine l'aînée de Saint-Elme. Beaux cheveux blonds, sourcils plus foncés au-dessus de deux grands yeux bleus, blancheur éblouissante, bouche de rose… des pieds, des mains en miniature[13], un son de voix aigu, mais plein de douceur… tout cela donnait l'air de la plus fraîche jeunesse, et personne ne savait aussi bien

---

13. Si parfois le petit conteur parle en homme formé, nous trouvons ici que se montre l'enfant manquant d'usage. Qui, comme lui, dans les bras d'une jolie femme, ferait (avec un peu plus d'expérience) la bévue d'en louer une autre !

que Lindane en tirer davantage. De qualité, veuve d'un mari dissipateur qui l'avait, au surplus, rendue fort heureuse, elle s'était remariée par raison au marquis sexagénaire, nullement agréable, mais heureusement sans prétention, qui se prévalait on ne peut moins de ses droits d'époux, et qui semblait avoir à cœur de trouver dans sa femme plutôt une agréable compagne qu'une obéissante esclave. Au bout de deux jours nous étions au fait de tous ces détails, et cela parce que, aussitôt arrivé, l'attrayant Saint-Elme avait été happé par une égrillarde de femme de chambre, aussi babillarde que catin, et parce que encore, moi-même *entrepris,* pour mon bien, par la très singulière Lindane, j'avais fait rapidement, et sans y rien mettre du mien, d'inconcevables progrès dans sa confiance.

Prévenue par nos cuistres de collège que le beau-fils et le petit camarade étaient deux grivois fort inflammables, elle avait judicieusement conçu que notre honteux *mignonisme*[14] était uniquement l'erreur d'un désir extrême et prématuré qui, ne pouvant, dans un collège, suivre sa véritable direction, s'en frayait une quelconque, telle que les circonstances pouvaient le permettre. Lindane (je l'ai su depuis) avait été galante, et l'était encore ; mais, aussi réservée dans sa conduite que prudente, ou peut-être heureuse dans ses choix, jamais sa réputation n'avait souffert le moindre échec : on la citait, au contraire,

---

14. Ce mot est forgé sans doute ; mais nous sommes forcés de le laisser, ne lui connaissant point de décent synonyme.

comme un modèle de décence ainsi que d'amabilité. Son mari chassait tout le jour, buvait toute la soirée et dormait toute la nuit. Aucun Parisien, pas même quelque voisin à tournure supportable, n'avait des habitudes au château... Pourquoi n'aurait-on pas essayé, dans des conjonctures aussi stériles, ce que pouvait valoir un marmot ingénu, tout neuf pour le beau sexe, et qui passait déjà pour être de l'étoffe dont se font les *hommes de plaisir* ! Lindane avait donc résolu, dès mon arrivée, de me *convertir,* et cela lui fut bien facile.

La troisième soirée de notre séjour à la campagne, nous nous promenions deux à deux dans le jardin, moi, posément aux côtés de Lindane, et l'abbé batifolant avec la luronne de soubrette. Il faut te l'avouer, ma chère, je lorgnais de l'œil la petite marquise et la trouvais bien à mon gré ; je soupirais même, à ce que je crois[15]. De temps en temps elle avait l'air de sourire, sans presque me parler. Nous allions d'un bon pas. Elle ouvre la grille du parc ; nous y sommes. C'est un bois vaste, frais, délicieux. Nous y perdons bientôt de vue Mlle Victoire, pourchassée dans un détour par le petit égipan d'abbé...

« (Mais mes doigts fatigués ont peine à soutenir la plume, chère Juliette ; permets que je la quitte un moment, laissant Solange et Lindane trotter le long d'une allée terminée par

---

15. Tous ces détails ne devaient guère amuser Erosie, et nous supposons qu'ils ont contribué beaucoup à ce que le goût très vif qu'elle avait pour le petit Solange ait, comme nous l'avons su, fort peu duré.

un cabinet rustique, à la porte duquel je viendrai bientôt les reprendre.) ».

« — Entrons ici, dit Lindane, je ne serai pas fâchée de me reposer un moment ; d'ailleurs… j'ai quelque chose d'intéressant à vous communiquer… Ouvrez, s'il vous plaît, le volet de cette petite fenêtre et refermez-la… Bon, poussez la porte… Ecoutez-moi bien, mon petit ami ; surtout gardez-vous de m'interrompre[16]… »

« Oh ! Par ma foi ! Je n'y tiens plus : c'est assez babillé ! dit, en se montrant dans la chambre…»

Qui ? Le scélérat d'abbé Cudard ! Et ce monstre aussitôt s'enferme avec nous, empoche la clef et s'avance ! Mon trouble, mon indignation, ma fureur ne se décrivent point, non plus que la stupeur, l'effroi de mon petit complice. J'avoue qu'en écoutant celui-ci, j'étais demeurée hors du lit, me prêtant beaucoup aux distractions amusantes d'une jolie main qui badinait avec le plus amoureux de mes charmes. Ainsi, mon attitude était comme exprès choisie pour que l'insolent Cudard pût tout voir. Pour comble de disgrâce, Solange, couché tout de son long en face de moi, m'empêchait de rentrer vite sous les couvertures ; je ne pus que jeter sur mon visage ma chemise, remontée si haut et si bien engagée sous mes

---

16. Nous sommes fâchés de ce que le récit de Solange, qui commençait à promettre quelque chose d'intéressant, se trouve si bien interrompu, que le reste de la lettre ne dit plus un seul mot de Lindane. Mais, par les soins que nous nous sommes donnés, la suite du discours de cette dame nous est parvenue, avec celle des aventures d'Erosie et de Solange ; nous ne tarderons pas à publier ce supplément.

reins, qu'en la rabattant elle n'avait pu couvrir la honteuse lice de nos récentes prouesses…

« Solange, après un court moment de silence, allait s'emporter.

— Là, là ! Mon fils, lui dit presque gaiement le funeste pédagogue, ne vous dérangez pas. Comme en même temps le mauvais plaisant hasardait un geste grivois qui tendait à pousser Solange contre moi, de ma part, un vigoureux soufflet, de celle de Solange, un terrible coup de pied je ne sais où, nous firent soudain raison de cette audace.

— Oui ! dit alors Cudard presque en colère, c'est ainsi qu'on me traite quand on ne saurait user avec moi de trop de ménagements ! Eh bien ! Eh bien ! C'est bon, mes braves enfants : M. de Roqueval va tout savoir, et…

— Dieux ! que dites-vous, barbare ! interrompit Solange, frappé de la cruelle idée de mon malheur ; et voilà le pauvre petit, les mains jointes, assis sur le lit, mais toujours posté de façon qu'il était fort difficile pour moi d'y rentrer. Au même instant, un serrement de cœur m'avait saisie. Je me serais trouvée mal infailliblement, si des larmes abondantes ne s'étaient fait jour.

— Ecoutez-moi, dit alors d'un ton assez radouci le redoutable auteur de nos disgrâces ; vous n'avez qu'à me lier la langue. Il faut d'abord vous dire que, depuis une demi-heure, je vous vois et vous écoute. Oui, belle demoiselle ; j'étais là… j'ai tout vu, très bien vu ; grâce à la complaisance que vous avez eue de laisser cette porte ouverte, j'ai joui complètement du plaisir de vous voir rendre heureux ce petit garnement. Pesez, d'après cela, son intérêt, le vôtre, le mien aussi, j'ose en parler, et jugez si de mauvaises manières peuvent être le moyen de me porter à l'indulgence !

— Vous l'entendez, mademoiselle ! me dit avec indignation le stupéfait élève. Il frémissait de rage, mais était-il bien en état d'en imposer à l'atroce gouverneur ?

— Crois, malheureux, ajouta Solange, se retournant brusquement vers l'insolent, et lui mettant sous le nez un poing dont on ne parut pas fort effrayé, crois que tu périras de cette main, si jamais un seul mot...

— Brrr, belle menace, ma foi ! Point d'extravagance, mon cher vicomte ; eh ! Quel mal, s'il vous plaît, est-il en votre pouvoir de me faire ? Vous êtes là sans armes ; avant que vous ne soyez descendu du lit et rajusté, j'aurais déjà crié, rassemblé tout le monde : j'ouvre ; je dis ce que je sais ; je vous montre *in statu quo*. L'on m'applaudit d'avoir fait mon devoir en épiant votre entreprise libertine. On trouvera, j'en conviens, que vous avez fait votre métier ; mais mademoiselle sera déshonorée.

« Cette dernière réflexion rendit muet le sensible adolescent, qui, pour toute réplique, fixa ses yeux sur les miens, découverts depuis qu'enfin j'étais venue à bout de me glisser dans le lit.

— Que je suis malheureuse ! m'écriai-je avec un mouvement assez vif pour que Solange craignît que je ne songeasse à quelque acte de violence contre moi-même.

— Chut, chut ! faisait Cudard avec un geste de la main ; point d'éclat, mes enfants.

Et voilà mon coquin incliné sur le lit, les deux poings sous le menton, consultant nos visages et balançant la tête :

— Ecoutez-moi. S'il *est avec le ciel des accommodements*[17], à plus forte raison doit-on être sûr qu'on en fait aisément avec les hommes. (C'est à moi que ce qui suit s'adressait.) Lequel est le pire ou de porter pendant toute sa vie la cicatrice infâme d'une blessure faite à l'honneur, ou de se soumettre un moment à l'application du remède qui peut opérer que cette blessure, aussitôt guérie que faite, ne laisse aucune trace ! (Prévoyant à peu près à quoi cet insolent début pourrait aboutir, je sentis le feu du courroux me monter au visage : Solange allait aussi s'emporter.) Paix, paix, mes enfants… mais paix donc, encore une fois ! Vous ne me faites nullement peur, et moi je peux vous faire beaucoup de mal. Entre nous, monsieur de Solange, vous avez très bien fait. Oh ! Ce ne sera pas moi certainement qui vous jetterai la première pierre ; mais je ne ferai qu'en approvisionner le public, pour qu'il vous en assomme, si je n'obtiens pas que mon petit compte se trouve aussi dans toute cette aventure. Comme je n'ai que des propositions aimables à vous faire, mes bons amis, je me flatte que vous ne vous y refuserez pas. (Se tournant vers moi.) Il s'agit tout uniment, charmante demoiselle, de me lier tant soit peu à vos fredaines, afin qu'en conscience je sois réduit à n'en pas parler.

(Solange alors :)

---

17. Rien d'étonnant à voir un tartuffe citer un trait de la morale d'un cordon-bleu de sa clique (v. la comédie, acte IV).

— Comment, malheureux ! en ma présence, tu pourrais oser !…

— C'est à mademoiselle que j'ai l'honneur d'adresser la parole.

— Laissons-le dire, interrompis-je, afin que cet infernal garnement nous développe jusqu'au bout toute la scélératesse de son âme.

— Ce ne sont pas là des douceurs, je pense… mais comme j'ai l'esprit mieux fait qu'on ne le suppose, passons, passons… Je disais que…

— Si tu profères un mot de plus… (Solange en même temps veut se précipiter à bas du lit. Cudard le retient seulement, sans rudesse, et poursuit :) Je disais donc que dans une conjoncture scabreuse, comme celle-ci, c'est de celui qui ne perd pas la tête qu'il est à propos de prendre conseil. Mademoiselle, cinq minutes de raison et de douceur peuvent vous assurer du repos pour toute votre vie ; cinq minutes de bégueulerie et d'humeur vous livrent à la honte et au regret pour le reste de vos jours…

« Il semblait, Juliette, que la feinte ou véritable tranquillité du maudit homme nous en imposât : nous commencions à l'écouter.

« L'élève fut apostrophé à son tour.

— Monsieur, lui dit Cudard en souriant, vous avez bien médit de moi : je vous le pardonne cependant ; quel reproche avez-vous à me faire ? Petit ingrat ! Est-ce donc de vous avoir trop aimé ? Quant au reste, ai-je été brutal à votre égard ? Ai-je négligé ce qui dépendait de mes soins ? Avez-vous, en un mot, été persécuté par moi, comme le sont, d'où nous sortons, la plupart de vos camarades ?

« Le pauvre Solange a le cœur si bon, que cette tendre plainte de l'abbé faillit lui arracher des larmes.

— Eh bien ! Mon ami, continua le galant orateur, chacun, ici-bas, a ses petites faiblesses. Si j'ai pu découvrir, l'un des premiers, que chez vous les passions s'allumaient, que déjà la nature demandait et voulait donner, suis-je donc un monstre d'avoir désiré de jouer un rôle dans ce nouvel ordre de choses ? Pourquoi n'aurais-je pas été aussi heureux que le petit Saint-Elme ?... Je vous entends : mon âge... le sérieux de nos rapports... Oui, je vois que vous me contemplez, comme voulant et n'osant me dire : Ce visage étique ! Cette barbe !... Eh ! Mon ami, tout cela pouvait-il vous choquer, lorsque, dans les ténèbres, j'essayais...

— Cessez, monsieur l'abbé, de me rappeler des horreurs...

— Ma foi ! Mon cher, je n'en parle que parce que tout à l'heure vous me prouviez qu'elles n'étaient pas tout à fait sorties de votre mémoire... Bref, revenons à nos moutons. Vous avez escamoté fort habilement les bontés de mademoiselle, et je vous en loue ; mais, que lui plaira-t-il de faire maintenant en ma faveur, afin que je me taise ? Car enfin, il faut bien qu'avant que nous nous séparions un important secret soit acheté et payé !

(Moi pour lors :)

— Puisque vous êtes assez peu délicat, monsieur, pour mettre votre silence à prix, je vous sacrifie volontiers tout ce que je possède : il y a dans ma bourse... à peu près cent louis ;

je suis fâchée de n'être pas plus riche ; prenez-les, je puis encore vous offrir quelques nippes de certaine valeur... tout, tout est à vous !

— Oui, belle conduite, ma foi ! M. de Roqueval va se donner, à ce que je vois, une petite femme bien économe, qui jette ainsi l'argent par les fenêtres à propos de rien ! Allons, allons, charmante, vous n'y pensez pas ! Suis-je un corsaire donc ? Vous me connaissez mal. J'aime beaucoup l'argent... parce qu'il en faut ; mais, à Dieu ne plaise qu'il vous en coûte un écu pour acheter ma discrétion. Je vous l'accorde *gratis,* mais, en revanche, vous allez m'honorer d'une petite faveur, peu difficile, douce peut-être à donner ; sinon, déesse (en grossissant la voix, et le sourcil froncé), sinon, dussé-je être honni, lapidé, moulu, tout se saura... oh ! Tout, sans vous faire grâce de la moindre circonstance ; j'en jure par le ciel et l'enfer !

« Eh bien ! Juliette, que penses-tu de la méchanceté de cet indigne homme, et te figures-tu l'excès de ma détresse, après avoir entendu prononcer ce serment affreux ?

« J'étais si profondément abîmée dans mes craintes, mes remords et ma confusion, que je n'avais pas trop pris garde à Solange pendant toute cette harangue. Du moins il ne l'avait point interrompue. Il se taisait encore ; je me taisais comme lui... Cudard, qui pour n'être qu'un pédant, ne manquait pas d'adresse (et l'on en a toujours, par instinct, pour venir à bout de ce qu'on désire avec passion[18]), Cudard entama

---

18. Il nous paraît évident que, déjà de plus loin, Mlle Erosie fait de son mieux pour capter l'indulgence de son amie, et peut-être pour se ménager à elle-même la

sur-le-champ une ouverture qui nous pénétra d'étonnement.

— Il est tout simple, dit-il, que dans ce moment vous trembliez l'un et l'autre de me voir exiger de vous quelque sacrifice cruel ? Point du tout. (À moi :) Mon élève vous adore. (À Solange :) Vous êtes adoré de mademoiselle : eh bien ! Mes enfants, soyez heureux. Que je sois même le témoin fortuné des nouvelles preuves qu'il convient que vous vous donniez d'une ardeur aussi belle que parfaitement assortie... Ce que je dis vous surprend !... Je ne plaisante point. Oui, vous allez recommencer, mes tendres amis. Pauvre petit ! Il croyait, peut-être, en vérité, que je songeais à le faire cocu, à doubler l'injure de ce parfait honnête homme de Roqueval ! (Ici je faillis m'évanouir de saisissement et de honte. Il poursuivit :) Oh ! non, non : *est modus in rebus ;* je sais me mettre à ma place, moi !... (Pour le coup, son discours devenait pour nous incompréhensible. Solange, la bouche béante, pourtant un peu soulagé, prêtait une oreille attentive.) Ecoutez bien, continua Cudard, osant me prendre une main, vous avez entendu ce petit vaurien vous raconter ses espiègleries de collège ? Sa première maîtresse a, comme vous savez, été le charmant abbé de Saint-Elme. (Baisant ses doigts avec transport :) *Proh ! Deum hominum que decus.* Il eût, parbleu ! bien été la mienne aussi, si la chose eût été praticable. Eh bien ! Belle demoiselle (il roulait et fixait sur moi des yeux de basilic ; sa main tremblait en serrant la mienne)... vous en coûterait-il donc beaucoup ? (Ce peu de

---

consolation d'imaginer que sa faute devient à peu près graciable d'après les biais heureux qui en pallient la difformité.

mots suffit pour me pénétrer d'horreur. Moi, soupçonnée de souscrire à pareille infamie ! Car j'en voyais la proposition sur les lèvres du diabolique abbé… Cependant il ne convenait pas qu'une personne de mon sexe eût sur ce point l'air d'entendre à demi-mot.) :

— Achevez, monsieur, que voulez-vous dire ?

— Vous coupez, en vérité, la parole aux gens, avec votre air digne et courroucé ! Mais n'importe, il s'agit, mademoiselle, ou de me traiter sur-le-champ comme vous venez de traiter le cher vicomte (et je l'exigerai sans quartier, si vous m'irritez à mon tour), ou, par accommodement, et pour ne point traverser votre union amoureuse… il s'agit…

— Eh bien !

— De faire, s'il vous plaît, un moment avec moi le petit Saint-Elme. (J'étais furieuse, il ne me laissa pas le temps d'éclater.) Par bonté, par justice ! Ce que ces charmants étourdis ont été l'un pour l'autre, daignez l'être un moment pour moi. Ce que l'aimable échanson des dieux fut, par tendresse pour le grand Jupiter, soyez-le, par terreur du moins, et pensez que, dans cette conjoncture, je suis pour vous le grand Jupiter même, armé de sa foudre vengeresse, dont il ne tient qu'à lui de vous écraser… Imprudents ! Ne sentez-vous donc pas que je puis vous perdre l'un et l'autre !

Le ton et le geste s'accordant pour lors à cette déclamation terrible, Cudard devenait d'une laideur effroyable. Je ne pus soutenir sa face de Gorgone ; je me jetai dans les bras de Solange ; nous nous embrassâmes en sanglotant.

— Un moyen encore, ajouta fort tranquillement le monstrueux abbé ; vous ? ou lui ?...

« En même temps le drôle eut l'adresse de marcher vers la porte, comme voulant nous dire :

— Je ne vous laisse qu'une minute pour vous décider. Refusez-vous ? Je fais un éclat et vous couvre d'ignominie. Il ouvrait :

— Arrêtez ! m'écriai-je, nous n'avons pas encore dit *non !* (Crois, Juliette, que cela m'était échappé bien involontairement, et sans doute par fatalité...) Il se rapprocha. J'eus beau le sermonner, lui remontrer pathétiquement l'atrocité de son projet, l'impudence effrénée de son vice, digne du feu...

— D'accord, répondait-il de sang-froid, et secouant négativement la tête ; j'avoue que je ne suis pas un modèle de mœurs... Chacun a ses petits caprices... Au surplus, les dames nous valent bien à cet égard. Si, dans les retraites mêmes de la continence et de la dévotion, elles n'égalent pas nos excès, c'est que *ceci* leur manque !... (Devine le geste, et ce qu'il eut l'infamie de produire ?) Mais, ajouta-t-il en me mettant à deux doigts des yeux *l'outil,* qui depuis l'entrée de Solange était errant sur le lit, avec *cela* seulement elles savent faire d'assez belles sottises...

« Cette satire était d'autant plus accablante pour moi, qu'elle me rappelait de honteux essais dont il te souvient aussi sans doute ? Et dans lesquels[19], à travers nos gaietés, nous cher-

---

19. Il faut demeurer enfin bien convaincu que Mlle Erosie se moquait des gens quand elle parlait de ses vierges appas. Quelle vierge !

chions à connaître, au moyen du claustral consolateur, quel attrait pouvait faire consentir les hommes à jouer le mauvais rôle dans ce désordre grossier, qui fait pendant à celui, si délicat, dont nous faisions nos délices… Hélas ! Juliette, il faut en convenir ; le cri de ma conscience m'imposait la loi de me taire ; et, quand j'étais sur le point d'invectiver le plus démasqué des pervers, ma raison me disait : « Que te demande-t-il, fille perdue ? Rien que ce dont, sans aucun à-propos, sans l'intervention de quelque séducteur, mais bien par la seule corruption de ton imagination obscène, tu voulus plus d'une fois goûter le simulacre ! »

« Ce *vous ou lui* n'avait pas moins accablé le pauvre Solange, qui n'avait aussi qu'un peu de répugnance peut-être à opposer. Le faire, c'eût été choquer l'amour-propre d'un vainqueur… car l'abbé l'était en effet ; victimes de notre mauvaise fortune, nous étions ses prisonniers de guerre, et nous nous trouvions à la merci de sa fureur ou de sa générosité.

« Te l'avouerai-je, ma chère ? Un sentiment jaloux me fit craindre que, pour me racheter, le plus tendre des amants ne voulût, comme il s'y disposait, s'exécuter avec l'intraitable pédagogue. Non ! m'écriai-je, aussi courageuse que le petit, non ! Cela ne sera pas ; ta personne angélique ne sera point souillée par l'infamie de cet enragé ! Qu'il assouvisse sur une infortunée, proscrite par le sort, sa luxure dénaturée !… Viens, scélérat ! J'en mourrai, mais…

« — Bast ! interrompit en riant le serein et triomphant despote, meurt-on de cela donc, enfant ! Vous n'en mourrez pas plus que de la représentation ; pas plus que Claudin et M. de Saint-Elme, et M. de Solange, et un million d'autres ne sont morts de la réalité… Et puis ne sait-on pas ce qu'on fait ! Ignore-t-on ce qu'on doit aux dames de ménagements particuliers ! Ne craignez rien ; je dis plus : que je sois le plus infâme Jean-f…arine de l'univers, si, pour peu que vous fassiez les choses de bonne grâce, vous n'y trouvez pas vous-même un certain plaisir !…

« Mais, c'est trop déployer à ta vive imagination, ma chère Juliette, les détails affreux de cette capitulation funeste. Quelquefois sans doute on t'a parlé de quelque vilain crapaud qui, du pied d'un arbre, attire de tendres rossignols, et, du plus haut du feuillage, fait descendre les malheureux oiseaux dans sa gueule venimeuse. Eh bien ! De même, enchantés, sans doute, nous voilà, Solange et moi, préparés à tout ce qui convient au monstrueux Cudard. Il lui plaît que nous nous arrangions, Solange sur le dos et moi par-dessus, dans l'attitude d'un amant qui va moissonner des faveurs ; et l'infernal demeure par-derrière, à genoux, se faisant de mes charmes neutres[20] une espèce d'oratoire…

« Tout le reste se brouilla pour moi… Ce fut, je crois, la propre main du damnable abbé qui guida vers le vrai séjour du plaisir l'aiguillon brûlant de l'amoureux élève… La magie de *la*

---

20. Neutres veut apparemment dire ici, qui ne sont ni masculins ni féminins ou qui sont communs à l'un et à l'autre sexe.

volupté, frappant à la fois à toutes les portes, noya subitement toutes mes tristesses ; j'eus un de ces rares moments… que les dévots fanatiques cherchent et croient avoir trouvés quelquefois dans leurs contemplations célestes. Ah ! La mienne, infernale peut-être, avait bien plus de réalité.

« Ce fut probablement à travers cette tempête de sensations extrêmes que Cudard fut heureux à sa manière. Solange aussi fut assez heureux pour ne plus songer à la honte d'un partage. Mais que les degrés de ravissement furent inégaux pendant cette mémorable orgie ! Je commençais à me reconnaître, quoique encore agitée des plus vives sensations de plaisir, quand je m'aperçus que Solange, éteint, avait perdu son poste et tout moyen de s'y rétablir… Que sommes-nous donc, nous autres femmes ! Où peut nous égarer l'emportement de ces *sens,* si dédaignés dans les paisibles calculs de notre pudique philosophie, et auxquels nous avons la présomption de croire que notre raison peut commander ! Ah ! Juliette, quel soufflet tu vas me voir donner au sublime platonisme[21]. Plus piquée encore qu'affligée de la désertion du petit invalide ; assez injuste pour me figurer qu'un enfant doit être tout au moins à mon unisson, je m'agite… je m'emporte, je baise, je mords, j'excite… inutilement ! J'ai la noirceur enfin de lui reprocher sa très pardonnable faillite !

---

21. C'est un peu tard sans doute qu'Erosie s'aperçoit qu'elle le maltraite.

« Cudard, plus en règle, me victimait encore ; mais mes soubresauts convulsifs me dérobent... O mon cœur ! Quel oubli de toute pudeur ! De toute délicatesse !

« *Et l'autre aussi !* m'écriai-je, comme une folle. Ah ! Sans doute, ainsi que chez une autre sibylle un démon parlait ici pour moi. Jamais autrement, avec ma honteuse exclamation, ne se fût échappé certain mot énergique que je n'avais proféré de ma vie... pas même dans tes bras. À qui la faute, après cela, si le plus corrompu des hommes a l'audace de méditer de nouvelles horreurs ! À peine le *cri de guerre* a-t-il frappé l'oreille de l'impudent, qu'il se croit en droit de diriger son javelot immonde vers un but auquel il me semblait comme engagé par ses propres conventions à ne point faire insulte... Il l'ose pourtant : je le sens... je le souffre ! Une avantageuse différence, en fixant un instant ma curiosité, me fait perdre celui qui pouvait me dérober à la plus lâche surprise... Que dis-je ! Un je-ne-sais-quoi ravissant me sollicite et promet à ma brûlante soif un soulagement infaillible. Hélas ! Je suis muette ; je cède, je seconde... et Solange est trahi.

« Nous ne nous arrêtons guère en chemin, ma chère, quand une impulsion violente nous a lancées sur le rapide escarpement des erreurs. C'est peu de faire à mon jeune ami le plus sanglant outrage : pour ne pas avoir horreur de moi-même, je veux me persuader que, malgré le nouveau triomphe de Cudard, tous mes vœux n'ont pas encore cessé d'être pour l'adorable Solange. Je crois *sentimental* et *pur* le feu que je souffle dans sa poitrine, et cependant je sens en même temps très bien qu'un feu détestable, détesté, se glisse dans mes entrailles et y cause un schisme de bonheur. Telle, autrefois, l'indiscrète Pasiphaé ne pensait guère sans doute à terminer avec son amant cornu, quand, agitée peut-être de quelque passion dont l'heureux objet manquait à ses vœux, elle fit la faute de s'exposer à quelque semblant d'accolade qui d'encore en encore devint une réalité monstrueuse.

« Bref, tu vois que je payais cher ma curiosité, chère Juliette. Jusqu'au bout, je subis tout ce qu'il plut au garnement de me faire. Ah ! Mon âme, crois-moi, n'y prit aucune part. Oui, toute ma tendresse demeurait bien véritablement à l'aimable Solange. Le mécanisme avait seul favorisé le détestable usurpateur.

« Mais avoue donc que mon inimaginable aventure a bien de quoi mettre en défaut tout système sur la cause et les effets de l'amour et de la volupté ! Qui m'eût dit, lorsque je reçus ton dernier baiser, il y a si peu de temps, que presque aussitôt je serais radicalement guérie de mon antipathie contre le sexe masculin, et, bien pis, que, sans m'amuser à prendre graduellement mes licences par un fatal concours d'incidents, je me trouverais *impromptu* coiffée du bonnet de docteur ?

« Bast ! Il faut se consoler de tout ici-bas. Oui, je veux rire de mon aventure au lieu de m'en affliger ; et si ma bégueule de raison veut m'ennuyer de ses tristes reproches, que me répondra-t-elle quand je lui répliquerai : *Sottise, à la bonne heure ; mais j'ai bien eu du plaisir.*

« O ciel ! Un affreux tintamarre de fouets ! Une chaise ! Un uniforme bleu. C'est lui ! C'est M. de Roqueval ! Cachons vite tout ceci… Beaucoup d'indulgence, ma Juliette, et toujours un peu d'amour.

« Adieu ! »

À Fontainebleau, le 5 novembre 1788.

Table des matières

www.grandsclassiques.com

ISBN ebook : 9782512008576
ISBN papier : 9782512009771
Dépôt légal : D/2018/12603/160

Couverture : © Hélène Massart
Conception numérique : Primento, le partenaire numérique
des éditeurs